coleção fábula

Patrick Süskind

A história do senhor Sommer

•

Ilustrações de

Sempé

•

Tradução de
Samuel Titan Jr.

editora■34

No tempo em que eu ainda subia em árvores, há muito, muito tempo, anos e décadas atrás — eu media pouco mais de um metro, calçava sapatos número 28 e era tão leve que podia voar... Verdade, verdade mesmo, naquele tempo eu podia voar... Ou melhor, quase... Quer dizer: eu poderia perfeitamente voar, se quisesse de verdade e tentasse direitinho, pois... pois lembro bem que certa vez por pouco não voei e, aliás, isso foi no outono, no meu primeiro ano de escola, quando, de volta para casa, soprou um vento tão forte que, mesmo sem abrir os braços, eu conseguia me inclinar para frente como num salto de esqui, talvez até mais inclinado ainda, sem tombar... E então, correndo contra o vento pelo prado da colina — a escola ficava no topo de uma colina fora da aldeia —, bastaria dar um pulinho do chão e abrir os braços e o vento me carregaria, eu conseguiria sem esforço dar saltos de dois, três metros de altura e dez, doze metros de distância — ou quem sabe não tão alto nem tão longe, que importa? Seja como for, eu quase voava, e bastaria ter desabotoado o casaco e segurado cada lado com as mãos, como asas estendidas, e o vento me levaria, eu planaria com a maior facilidade, da colina da escola por cima do vale até o bosque, e do bosque até o lago onde ficava a nossa casa, quando então, para infinito espanto do meu pai, da minha mãe, da minha irmã e do meu irmão — todos eles muito velhos e muito pesados para voar —, eu faria uma curva elegante por cima do jardim, pairando sobre o lago, quase além da outra margem, para só aí me deixar trazer de volta tranquilamente, ainda a tempo de não perder a hora do almoço.

Mas não desabotoei o casaco e acabei não voando de verdade. Não porque tivesse medo de voar, mas porque não sabia como, onde e se eu conseguiria aterrissar. O terraço lá de casa era duro demais; o jardim, pequeno demais; a água do lago, muito fria para uma aterrissagem. Decolar não era problema; mas como seria o pouso de volta?

Era a mesma coisa na hora de subir em árvores: subir não oferecia a menor dificuldade. Dava para ver bem os galhos, senti-los entre as mãos e testar sua resistência antes de me erguer e ficar de pé. Mas na hora da descida não se via nada, e então o jeito era ficar balançando o pé no meio da ramagem lá embaixo, mais ou menos às cegas, até encontrar um apoio firme, e volta e meia o apoio não era lá tão firme, ou então estava podre ou liso demais, eu acabava escorregando ou caindo e, quando não me agarrava com as duas mãos a um galho qualquer, despencava feito uma pedra, segundo as leis de queda dos corpos, que o italiano Galileu Galilei havia descoberto quatrocentos anos atrás e que ainda hoje estão em vigor.

Minha pior queda aconteceu naquele mesmo primeiro ano na escola. Teve início a uma altura de 4,5 metros, transcorreu precisamente segundo a primeira lei de Galileu, que diz que a distância percorrida é igual à metade do produto da gravidade da Terra e do tempo ao quadrado ($s = 1/2\, g \cdot t^2$), e em consequência durou exatamente 0,9578262 segundo. Esse é um tempo extremamente curto — mais curto que o tempo necessário para se contar de 21 a 22, mais curto mesmo que o tempo necessário para se pronunciar "vinte e um" de maneira correta! A coisa toda foi tão rápida que

eu sequer tive tempo de desabotoar meu casaco e usá-lo como paraquedas, nem me ocorreu a ideia providencial de que eu não precisava cair: eu podia voar. Não consegui pensar em nada durante aquele 0,9578262 segundo e, antes mesmo de perceber que estava caindo, espatifei-me contra o solo, agora de acordo com a segunda lei de Galileu ($v = g \cdot t$), com velocidade final de 33 quilômetros por hora, e tão violentamente que a minha nuca partiu em dois um galho da grossura de um braço. A força que causou isso tudo se chama gravidade. Ela não apenas mantém o universo unido, como ainda apresenta a complexa propriedade de atrair brutalmente para si tudo o que há no mundo, por pequeno ou grande que seja — e, ao que parece, só enquanto estamos na barriga da mãe ou quando mergulhamos na água é que escapamos ao seu domínio. Além dessa lição elementar, a história toda me rendeu um galo. O galo sumiu poucas semanas depois, mas com o passar dos anos comecei a sentir no mesmo lugar um formigamento, uma palpitação estranha cada vez que mudava o tempo, em especial toda vez que havia neve no ar. Hoje, quase quarenta anos depois, a nuca me serve como um barômetro infalível: sei dizer melhor que o serviço meteorológico se amanhã vai chover ou nevar, se o sol brilhará ou se uma tempestade está se aproximando. Acho também que a confusão e a falta de concentração de que venho sofrendo recentemente são sequelas tardias do tombo daquele abeto-branco. Por exemplo: para mim, é cada vez mais difícil seguir um mesmo tema, formular um pensamento rápida e precisamente e, quando tenho que contar uma história igual a esta, preciso me concentrar feito o diabo para não perder o fio da meada;

se não, sou capaz de pular de A para Z, sem saber afinal por onde eu comecei.

Pois então: no tempo em que eu ainda subia em árvores — e eu subia muito e muito bem, não era sempre que eu caía, não! Conseguia até subir em árvores sem ramos, trepando pelo tronco liso, e sabia também passar de uma árvore para outra, e construía incontáveis cadeirinhas lá em cima, e certa vez até uma casa completa, com teto, janelas e piso, bem no meio do bosque, a dez metros de altura. Ah, acho que passei a maior parte da minha infância em cima de árvores, comia e escrevia e dormia nas árvores, aprendia vocábulos ingleses e verbos irregulares latinos e leis da Física — por exemplo, as já mencionadas leis da queda dos corpos, de Galileu Galilei —, tudo isso em cima de árvores. Fazia as lições de casa — orais e escritas — em cima de árvores, e gostava especialmente de fazer xixi de cima das árvores, num grande arco farfalhante em meio à folhagem.

Era muito tranquilo lá em cima, onde todos me deixavam em paz. Nenhum chamado incômodo de mãe, nenhuma ordem imperativa de irmão mais velho chegava até lá, só o vento e o murmúrio das folhas e o suave ranger dos galhos... e a vista, a vista maravilhosamente ampla: podia enxergar não só além da nossa casa e do jardim, mas além das outras casas e dos outros jardins, para lá do lago e da região atrás do lago e até as montanhas, e quando, à tarde, o sol se punha, eu podia vê-lo do topo da minha árvore ainda por detrás das montanhas, quando fazia tempo que ele já se fora para as outras pessoas lá no chão. Aquilo era quase como voar. Talvez não tão aventuresco nem tão elegante, mas de qualquer modo um bom substituto para o voo, até porque, aos poucos, eu ia crescendo, media 1,18 metro, pesava 23 quilos, o que já era peso demais para voar, mesmo que viesse uma tempestade daquelas e eu desabotoasse e estendesse bem o meu casaco. Mas subir em árvores — ao menos era o que eu pensava então — era coisa que se poderia fazer a vida inteira. Até com 120 anos, até quando fosse um velhinho trêmulo e caduco eu poderia ficar sentado lá em cima, na copa de um olmo, de uma faia, de um pinheiro, feito um macaco velho, deixando-me docemente embalar pelo vento, olhando toda a região, para lá do lago, além das montanhas...

Mas que história é essa de voar e subir em árvores? Todo esse falatório sobre as leis de queda de Galileu e a minha nuca que funciona como barômetro e me deixa confuso, quando na verdade eu queria contar outra coisa, a história do senhor Sommer? Se é que isso é possível, pois não houve nenhuma história de verdade, só aquele homem estranho, cujo caminho — ou seria melhor dizer: cujo passeio? — cruzou com o meu algumas vezes. Mas acho melhor começar tudo de novo.

No tempo em que eu ainda subia em árvores, vivia na nossa aldeia... — quer dizer, não na nossa aldeia, na Vila de Baixo, mas na aldeia vizinha, a Vila de Cima, se bem que não dava para distinguir, porque a Vila de Cima e a Vila de Baixo e todas as outras aldeias não eram bem separadas umas das outras; uma emendava na outra ao longo das margens do lago, sem começo ou fim visíveis, como se fossem uma estreita corrente de jardins e casas e pátios e abrigos de barcos... Pois bem: vivia nessa região, a menos de dois quilômetros da nossa casa, um sujeito chamado senhor Sommer. Ninguém sabia seu primeiro nome; se era Peter ou Paul ou Heinrich ou Franz-Xaver, ou talvez doutor Sommer ou professor Sommer. Conheciam-no só e tão somente por senhor Sommer. Ninguém sabia se o senhor Sommer exercia alguma profissão, se tinha ou alguma vez tivera alguma profissão. Sabia-se apenas que a senhora Sommer tinha uma profissão: fabricava bonecas. Dia vai, dia vem, e ela sem sair de casa, isto é, do subsolo da casa do pintor Stanglmeier, fabricando ali suas bonequinhas de lã, pano e serragem, que uma vez por semana levava num grande pacote até a agência dos correios. Feito isso, ela passava pela mercearia, pela padaria, pelo açougue e pela quitanda, e vinha para casa com duas sacolas abarrotadas de compras, não saindo de casa por outra semana inteira, continuando a fabricar mais bonecas. Ninguém sabia de onde vinham os Sommer. Simplesmente haviam chegado — ela de ônibus, ele a pé — e desde então estavam por lá. Não tinham filhos, parentes nem visitas.

Muito embora não se soubesse quase nada sobre os Sommer e em especial sobre o senhor Sommer, podia-se afirmar sem sombra de dúvida que o senhor Sommer era de longe o sujeito mais conhecido das redondezas. Num perímetro de sessenta quilômetros à volta do lago, não havia homem, mulher ou criança — nem mesmo um cachorro — que não o conhecesse, pois ele estava sempre com o pé na estrada. De manhã cedo até à noitinha ele percorria a região. Não havia dia do ano em que o senhor Sommer não estivesse sobre as duas pernas. Caísse neve ou granizo, houvesse tempestade ou chovesse a cântaros, torrasse o sol ou chegasse um furacão, o senhor Sommer estava sempre a caminhar. Muitas vezes ele partia de casa

antes do nascer do sol — era o que contavam os pescadores que saíam para recolher suas redes no lago às quatro da manhã — e muitas vezes voltava tarde da noite, quando a lua já ia alta pelo céu. Nesse tempo ele percorria distâncias incrivelmente grandes. Dar a volta ao lago em um dia — o que significa um trajeto de mais ou menos quarenta quilômetros — não era nada de especial para o senhor Sommer. Ir à cidade mais próxima e voltar, duas ou três vezes num mesmo dia, dez quilômetros para lá, dez quilômetros para cá — nada era problema para o senhor Sommer! Às 7h30, quando nós, crianças, cambaleávamos para a escola meio bêbadas de sono, o senhor Sommer passava por nós, fresco e bem-disposto, caminhando já havia horas; ao meio-dia, quando voltávamos cansados e famintos para casa, o senhor Sommer nos ultrapassava com passadas vigorosas, e à noite, antes de dormir, quando eu dava uma última olhada pela janela, ainda era possível ver passar, como uma sombra veloz, a silhueta alta e magra do senhor Sommer.

Ele era facilmente reconhecível. Mesmo à distância, era uma figura inconfundível. No inverno, vestia um capote preto e comprido, muito grande e estranhamente rígido — que a cada passo lhe dançava sobre o corpo, como se fosse um invólucro folgado —, além de botas de borracha e, sobre a careca, um gorro de pompom. Mas no verão — e o verão do senhor Sommer[1] durava do começo de março ao final de outubro — ele usava um chapéu de palha com uma faixa de pano preto, uma camisa de linho

---

1   Em alemão, além de nome próprio, *Sommer* é substantivo comum e significa *verão*. [N.T.]

cor de caramelo e bermudas do mesmo tom, de onde se projetavam suas pernas longas, rijas, feitas quase só de tendões e veias varicosas, ridiculamente magras, enfiadas em enormes botas de montanha. Em março, as pernas eram de uma brancura ofuscante, as veias intumescidas destacavam-se nitidamente, como uma bacia fluvial ramificada e azulada; mas, poucas semanas mais tarde, já haviam adquirido uma coloração de mel; em julho, exibiam uma cor de caramelo semelhante à da camisa e das bermudas; e no outono, estavam tão bronzeadas pelo sol, pelo vento e pelo clima que ninguém seria capaz de distinguir veias, tendões ou músculos, pareciam dois ramos nodosos de um velho pinheiro descascado, até que finalmente, em novembro, desapareciam sob o longo capote preto e, longe dos olhares, recobravam sua cor original de queijo branco.

Mas havia duas coisas que o senhor Sommer não abandonava nem no verão, nem no inverno; aliás, homem algum jamais o viu sem elas: uma era o cajado; a outra, sua mochila. O cajado não era desses bastões de caminhada normais, mas uma longa vara de nogueira, levemente arqueada, que chegava aos seus ombros e lhe servia como uma espécie de terceira perna, sem a qual ele não alcançaria sua enorme velocidade nem cobriria seus trajetos inacreditáveis, tão acima da média de um caminhante normal. De três em três passos, ele arremessava seu cajado com a mão direita, firmava-o contra o solo e projetava-se com toda força para frente, de tal modo que suas pernas pareciam servir apenas para deslizar, enquanto o verdadeiro impulso provinha da força do braço direito, transmitida ao solo por meio do cajado — como fazem os barqueiros que usam varas longas para empurrar suas canoas de quilha chata. A mochila, por sua vez, ia sempre vazia, ou quase vazia, pois não continha — ao que se soubesse — mais do que um lanche e um abrigo impermeável, todo dobrado, que ele vestia quando uma chuva o surpreendia em meio às caminhadas.

Mas aonde levavam suas caminhadas? Qual o destino daquela marcha infindável? Por que e para que o senhor Sommer percorria apressadamente a região — doze, quatorze, dezesseis horas por dia? Ninguém sabia.

Pouco depois da guerra, quando os Sommer se instalaram na aldeia, ninguém dava atenção a essas andanças — naquela época, todo mundo andava de mochila pelas redondezas. Não havia gasolina nem carros, e só uma vez por dia passava o ônibus; nada para se aquecer, nada para comer, e, para conseguir alguns ovos, farinha, batatas, combustível ou simplesmente papel de carta e lâminas de barbear, era necessário empreender caminhadas de várias horas, para depois arrastar o que se houvesse obtido para casa, na mochila ou num carrinho de mão. Mas, poucos anos depois, já se podia comprar de tudo na aldeia; o carvão já era distribuído e o ônibus circulava cinco vezes por dia. Uns poucos anos mais e o açougueiro já tinha seu próprio carro, e depois o prefeito e o dentista; o pintor Stanglmeier andava de motocicleta e seu filho de mobilete; por essa época o ônibus passava três vezes por dia e ninguém mais pensaria em caminhar quatro horas até a cidade mais próxima para ir às compras ou renovar a carteira de motorista. Ninguém, a não ser o senhor Sommer, que continuava a ir a pé, como antes. De manhã cedinho, ele ajustava a mochila às costas, empunhava o cajado e ia-se embora por campos e prados, por estradas e trilhas, pelos bosques à beira do lago, de aldeia em aldeia, de casa até a cidade e de lá para cá... até tarde da noite.

O estranho era que nunca ia tratar de nada. Não carregava nada e não comprava nada. Sua mochila ia e voltava vazia, afora o lanche e o abrigo impermeável. Não ia ao correio nem à administração — isso ele deixava para a mulher. Também não fazia visitas nem se detinha em lugar algum. Quando chegava à cidade, não comia nem bebia nada; sequer se sentava num banco para descansar uns minutos: dava meia-volta e disparava para casa ou para algum outro lugar. Quando lhe perguntavam "de onde vem, senhor Sommer?" ou "aonde vai?", balançava a cabeça de mau grado, como se tivesse uma mosca no nariz, e murmurava qualquer coisa, que não se entendia nem total nem parcialmente e que soava assim: "...diretorápidopracolinadaescola... voltadolagocorrendo... hojeaindapracidadesemfalta... jáagoramesmosemtemponenhum..."; e, antes que alguém tivesse tempo de dizer "Como? Perdão? Aonde?", ele já partia com um vigoroso impulso do cajado. Uma única vez eu ouvi uma frase inteira do senhor Sommer, uma frase clara, inteligível e bem pronunciada, que eu nunca mais esqueci e que ainda hoje ressoa nos meus ouvidos. Foi numa tarde de domingo, pelo final de julho, no meio de um terrível temporal. O dia começara bonito, resplandecente, quase sem uma nuvenzinha no céu, e ao meio-dia ainda fazia tanto calor que só dava vontade de tomar chá com limão. Meu pai me levara a uma corrida de cavalos, como costumava acontecer aos domingos, pois ele não perdia uma. Não para apostar — vale lembrar! —, mas por puro gosto. Ainda que jamais

tenha montado um cavalo na vida, ele era um apaixonado admirador e conhecedor de cavalos. Era capaz, por exemplo, de recitar de cor os nomes de todos os vencedores do Grande Prêmio alemão desde 1869, de trás para frente e de frente para trás, além dos campeões mais importantes do Derby inglês e do *Prix de l'Arc de Triomphe* desde 1910. Sabia qual cavalo gostava de solo macio e qual preferia o solo duro, e também por que os cavalos velhos eram bons saltadores e os novos jamais corriam mais de 1.600 metros, ou ainda quantos quilos um jóquei devia pesar e por que a esposa do proprietário colocava uma faixa com as cores nacionais em volta do chapéu. Sua biblioteca hípica tinha mais de quinhentos volumes e, no final da vida, chegou a possuir seu próprio cavalo (ou talvez meio cavalo), que, para desespero da minha mãe, ele comprou pelo valor de 6 mil marcos, só para vê-lo correr com suas próprias cores — mas essa já é outra história, que eu conto numa outra vez.

Pois bem, nós tínhamos ido à corrida e estávamos voltando para casa no final da tarde. Ainda fazia calor, talvez estivesse até mais quente e abafado que ao meio-dia, mas o céu já se cobrira de uma névoa fininha. A oeste, viam-se nuvens acinzentadas, de bordas amareladas. Quinze minutos mais tarde, meu pai teve de ligar os faróis, pois as nuvens haviam se aproximado tanto que já formavam uma cortina sobre o horizonte e projetavam suas sombras sobre a terra. Vieram então umas lufadas de vento colina abaixo, abrindo largos sulcos nos campos de cereal — pareciam penteá-los, assustando as moitas e os arbustos. Quase ao mesmo tempo começou a chuva, ou melhor, não a chuva, mas primeiro umas gotas grossas e isoladas, grandes como uvas, que batiam aqui e ali sobre o asfalto e se espatifavam contra o motor e o para-brisa. E então desabou o temporal. Os jornais descreveram-no mais tarde como o pior temporal da região em 25 anos. Se é verdade, não sei, porque tinha só sete anos então; mas sei com certeza que nunca mais na vida presenciei uma chuva daquelas, muito menos dentro de um carro, bem no meio de uma estrada. A água já não caía em gotas, mas em jorros. Num piscar de olhos a estrada ficou inundada. O carro abria caminho em meio à água, e dos dois lados erguiam-se jatos enormes, formando duas paredes líquidas; não se enxergava nada pelo para-brisa, era pura água, por mais que os limpadores se mexessem freneticamente de um lado para o outro.

Mas a coisa ficou pior ainda. Aos poucos a chuva transformou-se em granizo — percebia-se de ouvido: o assobio do vento transformava-se num tamborilar mais duro e seco, pra não falar do frio enregelante dentro do carro. Dava para ver as pedrinhas de granizo, de início pequenas como cabeças de alfinete, mas logo crescendo até o tamanho de ervilhas, de balas, até que por fim martelavam sobre nós enxames inteiros de bolas brancas e lisas, ricocheteando sobre o motor num turbilhão maluco, de dar até tontura. Era impossível avançar um metro a mais; meu pai parou o carro no acostamento — bem, se é que se podia falar de acostamento, pois não se via mais estrada, acostamento, campos, árvores ou o que fosse: não se enxergava nem dois metros à frente, e nesses dois metros não se via outra coisa a não ser milhões de bolas de bilhar congeladas, que rodopiavam no ar antes de se chocar com estrépito contra o carro. Lá dentro fazia

tanto barulho que já não conseguíamos falar um com o outro. Era como se estivéssemos no bojo de um tambor tocado por um gigante. Só podíamos nos entreolhar e tiritar e calar e esperar que a nossa carapaça protetora não se estilhaçasse.

Em dois minutos estava tudo acabado. O granizo cessou de um momento para o outro e o vento amainou. Só caía uma garoa fina e silenciosa. Os campos de cereal atingidos pelas lufadas pareciam pisoteados. Numa plantação de milho só se viam os talos. A própria estrada parecia coberta de cacos — até onde a vista alcançava, só se viam restos de granizo, espigas, folhas e ramos caídos. Então, bem no final da estrada, através do véu tênue da garoa, vi uma figurinha distante — parecia milagre que um homem estivesse passeando por ali, que alguma coisa ainda se mantivesse de pé depois daquele granizo, quando tudo em volta jazia ceifado e esmagado por terra. Dirigimos para lá, fazendo ranger o granizo. Quando nos aproximamos do vulto, reconheci as bermudas, as pernas longas, nodosas e brilhantes de chuva, o impermeável preto, o contorno flácido da mochila e a marcha puxada do senhor Sommer.

Quando o alcançamos, meu pai mandou que eu abrisse a janela — o ar estava gélido lá fora — e gritou:

— Senhor Sommer! Entre, entre! Venha conosco!

Eu pulei para o banco de trás para dar lugar a ele. Mas o senhor Sommer não respondia. Sequer parou de andar. Mal olhou de soslaio para nós. Com passadas apressadas, impelidas pelo cajado de nogueira, ele seguia adiante na estrada enregelada. Meu pai acompanhava-o com o carro.

— Senhor Sommer — gritou ele pela janela aberta —, entre de uma vez! Veja só o tempo! Eu o levo até em casa!

Mas o senhor Sommer não reagia. Seguia marchando indômito. Bem que eu tive a impressão de que seus lábios haviam se movido levemente, numa daquelas suas respostas ininteligíveis. Mas não se ouvira nada, e talvez seus lábios apenas estivessem tremendo de frio. Então meu pai inclinou-se para a direita e, sempre o acompanhando de perto, abriu a porta do lado do passageiro e gritou:

— Entre de uma vez, pelo amor de Deus! O senhor está ensopado! Desse jeito vai acabar se matando!

Cabe dizer que a expressão "o senhor vai acabar se matando" não era nada típica do meu pai. "Trata-se de um estereótipo" — costumava observar quando lia ou escutava algo assim como "o senhor vai acabar se matando" —, "e um estereótipo — notem bem de uma vez por todas! — é uma expressão que, de tanto rodar pela boca de João, Maria e José, não significa mais nada. É algo" — continuava ele, já embalado no assunto — "tão tolo e vazio quanto ouvir 'beba uma xícara de chá, querida, vai lhe fazer bem!' ou então 'como vai nosso doente, doutor? Será que ele escapa desta?'. Frases assim não são reais, são fruto de romances baratos e filmes americanos imbecis e, portanto — notem bem de uma vez por todas! —, não quero nunca ter de ouvi-las das suas bocas!"

Era assim que meu pai se exprimia a respeito de frases do tipo "o senhor vai acabar se matando". Mas naquela hora, debaixo da garoa, no meio da estrada enregelada, dirigindo ao lado do senhor Sommer, meu pai deixou escapar exatamente um desses estereótipos pela porta aberta: "O senhor vai acabar se matando!". E foi aí que o senhor Sommer parou. Acho que ele estacou exatamente às palavras "acabar se matando", e tão abruptamente que o meu pai teve de frear para não o atropelar. Então o senhor Sommer passou o cajado da mão direita para a esquerda, virou-se para nós e, golpeando repetidamente o chão com o cajado, em gestos entre desafiantes e desesperados, disparou a seguinte frase:

— Deixem-me em paz de uma vez por todas!

Não disse mais que isso. Só essa frase. Bateu a porta, devolveu o cajado à mão direita e saiu marchando, sem olhar para trás ou para o lado.

— O homem é doido de pedra — disse o meu pai.

Quando o ultrapassamos, pude ver seu rosto pela janela de trás. Andava de cabeça baixa e só levantava a vista de vez em quando, para mirar adiante com seus olhos arregalados, meio espantados, certificando-se do caminho. A água escorria-lhe pelas bochechas e pingava do nariz e do queixo. A boca estava levemente aberta. De novo tive a impressão de que seus lábios se moviam. Talvez falasse consigo mesmo enquanto caminhava.

— Esse senhor Sommer sofre de claustrofobia — disse minha mãe quando nos sentamos para o jantar e falávamos sobre a tempestade e o incidente com o senhor Sommer. — Uma claustrofobia grave, uma doença que impede a pessoa de ficar tranquila em casa.

— Claustrofobia significa literalmente... — disse meu pai.

— ...que a pessoa não consegue ficar em casa — disse minha mãe. — Foi o que o doutor Luchterhand me explicou em detalhes.

— A palavra "claustrofobia" é de origem greco-latina — disse meu pai —, coisa que o doutor Luchterhand com certeza deve saber. Ela se compõe de duas partes, *claustrum* e *phobia*, sendo que *claustrum* significa tanto "fechado" como "isolado", como na palavra "claustro" ou no nome da cidade de Klausen, que em italiano se chama Chiusa e em francês, Vaucluse. E qual de vocês sabe me dizer uma palavra em que a noção de *claustrum* está escondida?

— Eu ouvi — disse minha irmã — da Rita Stanglmeier que o senhor Sommer está sempre tremendo. Treme em todos os membros. Treme feito o Zappelphilipp.[2] Até quando está sentado ele treme. Só quando anda é que ele não treme, por isso está sempre andando, para que não vejam o tanto que ele treme.

---

2   Personagem de um livro de H. Hoffmann, *Histórias divertidas e figuras engraçadas* (1845). Zappelphilipp é um garoto irrequieto, que não para de se balançar na cadeira durante o jantar e acaba derrubando toda a louça no chão. [N.T.]

— No que se parece muito com os potros de um ano —
disse meu pai — ou de dois anos, que também se mexem e
remexem e estremecem pelo corpo inteiro de tão nervosos
quando são levados pela primeira vez à linha de largada.
Os jóqueis têm trabalho de sobra para refreá-los. Depois a
coisa caminha por si só, ou então se usam antolhos. Qual
de vocês sabe me dizer o que significa "refrear"?

— Bobagem! — disse minha mãe. — Sozinho com
vocês lá no carro ele podia tremer à vontade. Quem se
incomodaria com umas tremidinhas?

— Eu temo — disse meu pai — que o senhor Sommer não tenha entrado no carro porque eu usei de um
estereótipo. Eu disse: "O senhor vai acabar se matando!".
Não sei como isso foi acontecer comigo. Tenho certeza de
que ele teria entrado se eu tivesse escolhido uma formu-
lação menos trivial, algo assim como...

— Tolice! — disse minha mãe. — Ele não entrou porque sofre de claustrofobia e por isso não consegue ficar
quieto em casa, muito menos dentro de um carro fechado. Pergunte ao doutor Luchterhand. Tão logo entra num
espaço fechado, seja casa ou carro, ele tem um ataque.

— O que é um ataque? — perguntei.

— Talvez — disse meu irmão, que era cinco anos mais
velho e já tinha lido todos os contos dos irmãos Grimm —,
talvez aconteça com o senhor Sommer o que acontece com
o corredor de "Seis homens se arranjam na vida",[3] que
dava a volta na Terra em um só dia. Quando chegava em

---

3   Nesse conto dos irmãos Grimm, seis homens — cada um com uma qua-
lidade excepcional: força, rapidez etc. — juntam-se para conquistar todo o
tesouro do país, vencendo as artimanhas e os soldados do rei injusto. [N.T.]

casa, ele tinha de amarrar uma das pernas com uma correia de couro, senão não conseguia parar quieto.

— É claro que essa é uma possibilidade — disse meu pai. — Talvez o senhor Sommer tenha uma perna a mais e por isso tenha que estar sempre andando. Devemos pedir ao doutor Luchterhand que amarre uma das pernas dele.

— Tolice! — disse minha mãe. — Ele tem claustrofobia, nada mais, e para a claustrofobia não há remédio algum.

Já na cama, aquela palavra estranha não me saía da cabeça: claustrofobia. Repeti-a várias vezes para não mais esquecê-la. Claustrofobia... claustrofobia... o senhor Sommer tem claustrofobia... Quer dizer que ele não consegue ficar em casa... e, como não consegue ficar em casa, tem que ficar andando ao ar livre... como tem claustrofobia, tem que ficar andando ao ar livre... Mas se "claustrofobia" significa *não-poder-ficar-em-casa* e se *não-poder-ficar-em-casa* é a mesma coisa que *ter-de-ficar-andando-ao-ar-livre*, então *ter-de-ficar-andando-ao-ar-livre* é a mesma coisa que "claustrofobia"... Portanto, no lugar dessa palavra difícil, "claustrofobia", a gente poderia simplesmente dizer *ter-de-ficar-andando-ao-ar-livre*... Mas então, quando minha mãe dissesse: "O senhor Sommer tem de ficar andando ao ar livre porque sofre de claustrofobia", ela poderia muito bem dizer: "O senhor Sommer tem de ficar andando ao ar livre porque ele tem de ficar andando ao ar livre...".

Aí me deu um pouco de tontura e eu tentei esquecer aquele diabo de palavra nova e tudo o que tivesse a ver com ela. Pensei então que o senhor Sommer não tinha nada, não era forçado a nada; simplesmente estava sempre andando ao ar livre porque se divertia em andar ao ar livre, assim como me agradava subir em árvores. Por gosto e diversão é que o

A palavra "claustrofobia" é
de origem greco-latina...
significa tanto "fechado"
como "isolado"...
claustrofobia é uma doença
que impede a pessoa de
ficar tranquila em casa.

senhor Sommer andava ao ar livre — por isso e nada mais, e todas as explicações confusas e as palavras latinas que os adultos haviam imaginado durante o jantar eram um absurdo tão completo quanto a perna amarrada do conto "Seis homens se arranjam na vida"!

Mas pouco depois não tive como não pensar no rosto do senhor Sommer, no rosto que eu vira pela janela do carro, no rosto ensopado de chuva, com a boca semiaberta e os enormes olhos espantados, e pensei: ninguém tem um olhar daqueles à toa; um rosto assim não é o de quem está contente e feliz. Isso é cara de quem tem medo; ou de quem tem sede, tanta sede no meio daquela chuva que seria capaz de secar um lago inteiro. Tive tontura de novo e fiz toda a força para esquecer o rosto do senhor Sommer, mas, quanto mais força fazia para não me lembrar, mais nitidamente eu o via, bem ali na minha frente: cada ruga, cada prega, cada gota de suor e de chuva, o menor tremor dos lábios que pareciam murmurar alguma coisa. E o murmúrio tornava-se cada vez mais nítido e audível, e eu ouvi a voz do senhor Sommer, que dizia em tom de súplica: "Deixem-me em paz, deixem-me em paz de uma vez por todas...!".

E só então, com a ajuda daquela voz, consegui desviar meus pensamentos. O rosto desapareceu, e imediatamente adormeci.

Na minha classe havia uma menina de nome Carolina Kückelmann. Tinha olhos escuros, sobrancelhas escuras e cabelos castanhos escuros, com uma tiara quase caindo sobre a testa. Na nuca e na covinha entre o lóbulo da orelha e o pescoço ela tinha uma penugem sobre a pele, que brilhava ao sol e estremecia de leve ao vento. Quando ria, com uma esplêndida voz rouca, ela estendia o pescoço e jogava a cabeça para trás, o rosto resplandecente de prazer, os olhos quase fechados. Eu seria capaz de ficar admirando aquele rosto para sempre — como, aliás, o fazia, sempre que podia, na aula ou durante o recreio. E sempre sorrateiramente, de modo tal que ninguém notasse, nem mesmo a própria Carolina, pois eu era muito tímido.

Mas nos sonhos eu era bem menos tímido: eu a tomava pelas mãos e a conduzia pelo bosque e subia com ela nas árvores. Sentado ao lado dela sobre um galho, eu olhava de pertinho para o seu rosto e contava-lhe histórias. E ela não tinha como não rir: jogava a cabeça para trás e fechava os olhos, e então eu podia soprar-lhe de leve na nuca e atrás da orelha, ali onde crescia a penugem. Sonhos assim, ou parecidos, eu tinha várias vezes por semana. Eram sonhos bonitos, mas — não estou querendo me lamentar — eram apenas sonhos e, como todos os sonhos, não satisfaziam realmente o coração. Daria tudo para, ao menos uma vez, ter Carolina ao meu lado e poder soprar-lhe a nuca ou onde quer que fosse... Infelizmente, havia poucas perspectivas para tanto, pois Carolina morava na Vila de Cima, como quase todas as crianças, enquanto eu era o único a morar na Vila de Baixo. Nossos caminhos se separavam logo depois do portão da escola e seguiam em direções opostas conforme desciam rumo ao bosque, e antes de entrar pelo bosque já eram tão distantes um do outro que eu não conseguia mais distinguir Carolina em meio às outras. Só de vez em quando eu ainda conseguia captar sua risada: sob uma dada condição climática — o vento sul —, essa risada ressoava através dos campos e me acompanhava até em casa. Mas desde quando o vento sul soprava na nossa região?!

Certo dia — um sábado —, aconteceu um milagre. No meio do recreio, Carolina correu na minha direção, plantou-se à minha frente e disse:

— Ei, você ainda vai sozinho para a Vila de Baixo?

— Vou — respondi.

— Ah, então na segunda eu vou com você...

Disse ainda um montão de coisas para se explicar, falou de uma amiga da sua mãe, que morava na Vila de Baixo, e que a mãe queria ir buscá-la na casa dessa amiga, e que então ela, junto com a mãe ou talvez com a amiga da mãe ou com a mãe e a amiga da mãe... — já não sei mais, esqueci, e acho até que esqueci imediatamente, ainda enquanto ela falava, pois estava tão surpreso, tão atordoado com a frase "na segunda eu vou com você...", que não consegui ouvir mais nada, não quis ouvir mais nada além daquela única e maravilhosa frase: "Na segunda eu vou com você...".

Pelo resto do dia e por todo o fim de semana, aquela frase soou no meu ouvido, esplêndida, tão esplêndida quanto... perdão: mais esplêndida do que tudo o que eu já lera nos irmãos Grimm, mais esplêndida do que a princesa em

"O Rei Sapo": "Vais comer do meu pratinho, vais dormir na minha caminha"; eu contei os dias com mais impaciência que Rumpelstilzchen: "Hoje o pão, amanhã a cozinha, depois o filho da rainha!"; eu me imaginava como João Felizardo, como Irmão Brincalhão, como o Rei da Montanha Dourada, todos numa só pessoa... "na segunda eu vou com você"!

Comecei então os preparativos. No sábado e no domingo, rodei pelo bosque à procura de uma rota adequada. Pois de início estava estabelecido que eu não seguiria com Carolina pelo trajeto normal. Queria que ela conhecesse meus caminhos mais secretos, queria mostrar-lhe as curiosidades mais recônditas do bosque. O caminho para a Vila de Cima deveria empalidecer em sua memória diante das maravilhas que ela presenciaria ao longo do meu, do nosso caminho para a Vila de Baixo.

Depois de longa ponderação, decidi-me por uma rota que, pouco além da orla do bosque, desviava-se à direita do caminho normal e, passando por um barranco, levava a uma touceira de abetos jovens, e dali, sempre em terreno pantanoso, seguia até uma área de árvores frondosas, antes de despencar abruptamente para o lago. Essa rota era marcada por nada menos que seis curiosidades que eu queria mostrar a Carolina, acompanhadas de meus comentários especializados. Tratava-se mais precisamente do seguinte:

a) a casinha do transformador da rede elétrica, quase à beira da estrada, da qual provinha um zumbido contínuo e sobre cuja porta se via uma placa amarela com um relâmpago vermelho e o aviso: "Cuidado Alta Tensão Perigo de Vida";

b) um grupo de sete arbustos de framboesas, com frutos maduros;

c) um cocho para corças — então sem feno nenhum, mas com uma grande pedra de sal para elas lamberem;

d) uma árvore que, dizia-se, um nazista tinha usado para se enforcar depois da guerra;

e) um formigueiro de quase um metro de altura e 1,5 metro de diâmetro; e finalmente, como ponto alto e final do passeio...

f) uma velha e maravilhosa faia, na qual eu tencionava subir com Carolina, para desfrutarmos, sentados num sólido galho a dez metros de altura, da incomparável visão do lago, de modo que eu pudesse inclinar-me sobre ela e soprar-lhe na nuca de leve.

Roubei biscoitos do armário da cozinha e um copo de iogurte da geladeira, além de duas maçãs e uma garrafa de groselha da despensa. No domingo à tarde, fui guardar tudo isso — devidamente empacotado numa caixa de sapatos — na forquilha de uma árvore, para que tivéssemos provisões. De noite, na cama, repassei as histórias que eu contaria a Carolina e que a levaria às risadas — uma história para o caminho, outra para os momentos em cima da árvore. Acendi outra vez a luz, procurei minha chave de fenda na gaveta do criado-mudo e guardei-a na minha mochila escolar, para presentear Carolina com o meu mais valioso pertence. De volta para a cama, recapitulei as duas histórias, recapitulei em detalhe os eventos do dia seguinte, recapitulei várias vezes as etapas do caminho de

a) até f), bem como o local e o momento para a entrega da chave de fenda, recapitulei o conteúdo da caixa de sapatos, que já estava à nossa espera na forquilha lá no bosque (ah!, nunca um encontro foi tão cuidadosamente preparado!) e por fim abandonei-me ao sono, acompanhado das suas doces palavras: "Na segunda eu vou com você... na segunda eu vou com você...".

Na segunda-feira, o tempo estava lindo, perfeito. O sol brilhava suave, o céu estava aberto e azul como água, os melros revoavam pelo bosque e os pica-paus faziam alarde golpeando a madeira. Só então, a caminho da escola, ocorreu-me que eu não havia previsto o que fazer com Carolina em caso de mau tempo. Em caso de chuva ou tempestade, a rota de a) até f) seria uma verdadeira catástrofe: os arbustos de framboesas desgrenhados, o formigueiro insignificante, o caminho pantanoso chapinhante, a faia escorregadia e impossível de subir, a caixa de provisões encharcada ou derrubada pelo vento. Abandonei-me com volúpia a essas fantasias catastróficas, que me inspiravam preocupações tão agradáveis quanto desnecessárias, causando-me um sentimento de alegria quase triunfal: não somente eu não dera a mínima para o tempo, como o próprio tempo cuidava pessoalmente de *mim*! Não apenas eu poderia acompanhar Carolina Kückelmann, mas ainda por cima eu ganhava o dia mais bonito do ano como brinde! Era um felizardo! O olhar benévolo do bom Deus pousava sobre mim, em pessoa. Agora, pensei, basta não forçar a barra do estado de graça! Nada de cometer erros por arrogância ou orgulho, como os heróis dos contos que acabam sempre destruindo a felicidade quase certa!

Apressei-me. Não podia me atrasar de jeito nenhum. Durante a aula, estive irrepreensível como nunca antes, para que o professor não encontrasse o menor pretexto para me deixar de castigo. Estive manso feito um cordeiro, mas também atento, obediente e aplicado — um aluno-modelo. Não olhei uma vez sequer para Carolina, forcei-me a não o fazer — ainda não! —, proibi-me quase supersticiosamente de fazê-lo, como se pudesse perdê-la por um olhar precipitado...

Quando terminaram as aulas, aconteceu que as meninas tiveram de ficar uma hora a mais, não sei mais por quê, talvez por alguma aula de trabalhos manuais ou outra razão qualquer. De qualquer modo, só dispensaram os garotos. Não considerei trágico o incidente — ao contrário. Pareceu-me uma prova adicional que eu deveria superar — e superaria! —, dando ao tão ansiado encontro com Carolina a bênção da singularidade: uma hora inteira esperando um pelo outro!

Fiquei esperando na bifurcação dos caminhos à Vila de Cima e à Vila de Baixo, a menos de vinte metros do portão. Nesse lugar projetava-se do chão uma pedra, uma rocha solta, de superfície lisa como a de um grande rochedo. A pedra tinha uma concavidade bem no meio, em forma de casco. Diziam que essa concavidade era uma pegada do diabo: ele teria pisoteado o chão por raiva aos camponeses do local, que há tempos imemoriais haviam construído ali uma igreja. Sentei-me na rocha e fiquei matando o tempo, remexendo os dedos numa poça d'água que se acumulara na cova do diabo. Sentia o sol aquecendo minhas costas, o céu ainda estava azul-marinho transparente, eu esperava e esperava e remexia na poça e não pensava em nada e me sentia indescritivelmente feliz da vida.

Então, enfim, saíram as meninas. Primeiro uma verdadeira enxurrada e, só então, por último, *ela*. Fiquei de pé. Ela correu em minha direção, os cabelos castanhos saltitavam, a tiara dançando de lá para cá; ela usava um vestido amarelo-limão, eu estendi a mão para ela, ela parou na minha frente — como no recreio, alguns dias antes —, eu queria segurar sua mão, puxá-la para mim, melhor mesmo seria abraçá-la e dar-lhe um beijo no meio da testa, ali mesmo; ela disse:

— Ei, você estava me esperando?

— Estava — respondi.

— Xi, hoje eu não posso ir com você! A amiga da minha mãe está doente, a minha mãe não vai lá na casa dela, e a minha mãe disse que...

Seguiu-se um emaranhado de explicações que eu não consegui ouvir direito, quanto mais lembrar, porque a minha cabeça ficou meio entorpecida e as pernas meio bambas, e tudo que lembro é que, concluído o falatório, ela deu meia-volta e foi-se embora, toda amarelo-limão, pelo caminho à Vila de Cima, correndo para alcançar as outras meninas.

Fui descendo a colina de volta para casa. Devo ter andado bem devagar, pois, quando cheguei à orla do bosque e olhei meio mecanicamente para o caminho oposto, não vi mais ninguém. Fiquei parado ali, virei-me e lancei um olhar ao contorno ondulado da colina da escola. O sol brilhava em cheio sobre o prado, não havia sombra de brisa nos pastos. A paisagem parecia estarrecida.

Foi então que avistei um pontinho que se movimentava. Um pontinho bem à esquerda da orla do bosque, em movimento contínuo rente à linha das árvores, colina acima, ao longo da crista, em direção ao sul. O pontinho agora se destacava contra o fundo azul do céu, negro como uma formiguinha, mas já nitidamente um homem a caminhar lá em cima — e eu reconheci as três pernas do senhor Sommer. Regulares como um relógio, elas avançavam em passos minúsculos, ligeiríssimos, e o pontinho distante — ao mesmo tempo rápido e vagaroso como o ponteiro grande de um relógio — afastou-se, cruzando o horizonte.

Um ano depois, aprendi a andar de bicicleta. Confesso que foi meio tarde, pois eu já media 1,35 metro, pesava 32 quilos e calçava 32,5. Mas eu não era lá tão interessado em bicicletas. Aquele movimento oscilante sobre duas rodas fininhas não me parecia muito confiável, para não dizer que me parecia inquietante, até porque ninguém conseguia me explicar por qual razão uma bicicleta em descanso caía imediatamente se não estivesse apoiada, encostada ou segurada por alguém — e por outro lado não devia cair quando um sujeito de 32 quilos sentava-se nela e saía passeando sem qualquer apoio ou suporte. Por essa época eu desconhecia inteiramente as leis naturais que regiam esse fenômeno, a saber: as leis do movimento circular e, em especial, o teorema da conservação do momento angular — mesmo hoje não as compreendo por inteiro, e as palavras "teorema da conservação do momento angular" ainda me soam suspeitas e me deixam tão tonto que aquele lugar na minha nuca logo começa a formigar e palpitar.

Provavelmente eu não teria aprendido a andar de bicicleta se não fosse absolutamente necessário. E isso se fez absolutamente necessário porque fui obrigado a ter aulas de piano. E eu só podia ter as tais aulas de piano com uma professora que morava lá para o final da Vila de Cima; eu precisaria de uma hora para chegar lá a pé, enquanto que de bicicleta — segundo os cálculos do meu irmão — bastavam treze minutos e meio.

Essa professora de piano, com quem já minha mãe aprendera a tocar — além da minha irmã, do meu irmão e, aliás, de todos na região capazes de arranhar qualquer coisa num teclado, fosse o do órgão da escola ou o do acordeão da Rita Stanglmeier —, essa professora chamava-se Marie-Luise Funkel, ou melhor: senhorita Marie--Luise Funkel. Ela dava muito valor a esse "senhorita", muito embora eu jamais tenha visto em toda minha vida algo menos parecido a uma senhorita do que Marie-Luise Funkel. Era uma velhinha de cabelos brancos, meio corcunda, enrugada, com um bigodinho negro sobre o lábio superior e absolutamente nenhum peito. Eu sabia deste último detalhe porque certa vez, por engano, cheguei uma hora mais cedo para a minha aula, quando ela ainda não havia terminado a sesta. Lá estava ela, na varanda daquele casarão antigo, vestindo tão somente anáguas e corpete, mas não um corpete largo, macio e sedoso como as senhoras costumam usar, e sim um daqueles estreitos, sem mangas, de lã tricotada, parecido com o que tínhamos que usar na aula de ginástica. Desse corpete de tricô pendiam os braços enrugados e erguia-se o pescoço magro, cor de couro curtido; para baixo era tudo plano e magro como peito de frango. Fosse como fosse, ela insistia naquele "senhorita" antes de "Funkel", justamente — explicava ela com frequência, sem que ninguém tivesse perguntado — para que os homens não pensassem que ela já fora casada, quando de fato ela sempre fora solteira e portanto ainda livre. Claro está que essa explicação era um absurdo completo, pois não havia no mundo homem algum capaz de se casar com Marie-Luise Funkel — velha, bigoduda e sem peito.

A verdade é que a senhorita Funkel chamava-se senhorita Funkel porque não poderia chamar-se senhora Funkel, mesmo que quisesse, pois já havia uma senhora Funkel... ou melhor: ainda havia uma senhora Funkel, já que a mãe da senhorita Funkel ainda vivia. E se há pouco disse que a senhorita Funkel era velhíssima, agora não sei o que dizer da senhora Funkel: velha como uma rocha, velha como o mundo, velha como Roma, velha como uma árvore, velhissíssima... Acho que tinha pelo menos cem anos. A senhora Funkel era tão velha que só num sentido muito restrito podia-se dizer que ainda vivia — menos como pessoa de carne e osso e mais à maneira de um móvel, de uma borboleta empalhada ou de um vaso antigo e frágil. Não se mexia, não falava, não sei se via e ouvia, nunca a vi de pé. Ficava sempre sentada — no verão, envolta num vestido leve de tule; no inverno, embrulhada em veludo negro, só com a cabeça de tartaruga para fora — numa poltrona no canto mais remoto da sala, bem embaixo do relógio de pêndulo, calada, imóvel, esquecida. Só em casos muito, muito raros, quando um aluno fazia direitinho o dever de casa e executava sem erros os estudos de Czerny, a senhorita Funkel ia até o meio da sala e de lá berrava na direção da poltrona:

— Ma! — ela chamava a mãe de "Ma" — Ma! Vamos, dê um biscoito ao garoto, ele tocou tão bem!

Então o aluno tinha de atravessar a sala rumo àquele canto, ficar bem pertinho da poltrona e estender a mão para a múmia velha. A senhorita Funkel berrava de novo:

— Dê um biscoito ao garoto, Ma!

Aí, de algum lugar do invólucro de tule ou veludo, via-se aquela mão azulada, trêmula, fina como vidro, indescritivelmente lenta, que vagava a esmo sem que os olhos ou a cabeça a acompanhassem, ultrapassar o braço da poltrona em direção a uma taça cheia de biscoitos sobre a mesinha à direita, pegar um biscoito — em geral um dos retangulares, com recheio de creme branco —, vagar com o biscoito por cima da mesa, por cima do braço da poltrona, até o outro lado, para depositá-lo com seus dedos ossudos na mãozinha estendida, como se fosse uma moeda de ouro. Muitas vezes acontecia de a mão da criança e a ponta daqueles dedos de velha se tocarem por um instante, e isso dava um arrepio na espinha, pois todo mundo esperava um contato áspero, frio como peixe, mas não, era morno, quente mesmo, e incrivelmente suave, leve, fugidio, só que tão aflitivo como o de um pássaro tentando escapar da mão. E aí era só balbuciar um "Obrigado, senhora Funkel" e sair dali, daquela sala, daquela casa lúgubre, campo afora, rumo ao ar, rumo ao sol.

Já não lembro mais quanto tempo precisei para dominar a estranha técnica de andar de bicicleta. Sei apenas que aprendi sozinho, na bicicleta da minha mãe, com uma mistura de repugnância e aplicação feroz, numa ravina em declive no meio do bosque, onde ninguém podia me ver. As paredes da ravina eram tão íngremes e tão próximas uma da outra que eu podia sempre me apoiar nelas e, quando caía, era sobre a folhagem ou sobre a terra fofa. Num belo dia, depois de numerosas, se não inumeráveis tentativas frustradas, eis que, subitamente, quase de surpresa, eu peguei o jeitinho da coisa. Apesar de todas as minhas reservas de ordem teórica e do meu profundo ceticismo, eu me locomovia livremente sobre duas rodas: que assombro, que orgulho! No terraço e no gramado lá de casa, diante da família reunida, completei

um percurso de teste, que me valeu os aplausos dos meus pais e os risos estridentes dos meus irmãos. Em seguida, meu irmão ensinou-me as regras básicas de trânsito, em primeiro lugar a de andar sempre pela direita, esta última definida como o lado do guidão em que se encontra o freio.[4] A partir de então, eu ia sozinho, como um adulto, à aula semanal de piano com a senhorita Funkel, nas tardes de quarta-feira, das três às quatro. É bem verdade que os treze minutos e meio calculados pelo meu irmão estavam além do meu alcance. Meu irmão era cinco anos mais velho que eu e tinha uma bicicleta com guidão de corrida e câmbio de três marchas. Eu, por minha vez, tinha que pedalar de pé na bicicleta da minha mãe, grande demais para mim. Mesmo com o selim abaixado ao máximo, não conseguia sentar e pedalar ao mesmo tempo; era pedalar ou sentar, o que me obrigava a um método extremamente ineficiente, cansativo e — eu bem sabia! — dos mais ridículos: pedalava de pé, aproveitava o impulso para me sentar no selim, mantinha-me sobre aquele assento instável com as pernas abertas ou recolhidas, até que a bicicleta ameaçasse parar, quando então eu saltava sobre os pedais que ainda giravam e lhes dava novo ímpeto. Graças a essa técnica alternada, bastavam-me vinte minutos para margear o lago, atravessar a Vila de Cima e chegar ao casarão da senhorita Funkel... isto é, se nada acontecesse! E sempre acontecia alguma coisa. O caso era que eu sabia muito

---

4   Ainda hoje recorro a essa definição prática quando, por alguma confusão momentânea, já não sei mais onde estão a direita e a esquerda. Nessas horas, basta que eu imagine um guidão de bicicleta e acione mentalmente o freio para me orientar de novo. Por nada neste mundo subiria numa bicicleta com freios nos dois lados do guidão ou, pior ainda, com freio só no lado esquerdo!

bem me equilibrar, virar, frear, subir e descer da bicicleta etc., mas não conseguia ultrapassar, ser ultrapassado, nem cruzar com alguém. Tão logo ouvisse o mais leve ruído de motor se aproximando pela frente ou por trás, eu freava imediatamente, descia e esperava que o carro seguisse. Quando outros ciclistas surgiam no horizonte, eu parava e esperava que passassem. Para ultrapassar um pedestre, eu desmontava logo atrás dele, ultrapassava-o correndo e empurrando a bicicleta e só voltava a pedalar quando ele estivesse bem para trás. Pedalar mesmo, só com o caminho inteiramente livre à frente e às costas e, na medida do possível, sem ninguém para me ver. Por fim, havia ainda, a meio caminho entre a Vila de Cima e a Vila de Baixo, o cachorro da esposa do doutor Hartlaub, um terrível *fox-terrier* que vivia solto pela estrada e precipitava-se ladrando sobre tudo que tivesse rodas. O único meio de esquivar-se dos seus ataques consistia em conduzir a bicicleta para a beira da estrada, frear com destreza ao lado de uma cerca de jardim, agarrar-me a uma das ripas e ficar ali, de pernas recolhidas, de cócoras sobre o selim, até que um assobio da esposa do doutor Hartlaub chamasse o animal de volta para casa. Não é, portanto, de estranhar que, sob tais condições, muitas vezes nem mesmo vinte minutos fossem suficientes para cobrir o trajeto até o fim da Vila de Cima. Por medida de precaução, criei o hábito de sair de casa às 14h30, a fim de ser mais ou menos pontual com a senhorita Funkel.

Disse há pouco que a senhorita Funkel ocasionalmente pedia à mãe que desse um biscoito aos alunos, mas tive o cuidado de acrescentar que isso ocorria tão somente em casos muito, muito raros. Não era nada corriqueiro, pois a senhorita Funkel era uma professora severa e difícil de contentar. Bastava embromar com a lição de casa ou cometer muitos erros na leitura à primeira vista que ela começava a balançar a cabeça de modo ameaçador, ficava com a cara toda vermelha, dava cotoveladas nas costelas do aluno, estalava os dedos e de repente saía a berrar injúrias terríveis. Foi mais ou menos um ano depois do início das aulas que eu passei pela pior dessas experiências — e a cena me abalou de tal maneira que ainda hoje não consigo recordá-la sem alguma perturbação.

Eu havia chegado muito atrasado, uns dez minutos ao menos. O *terrier* da esposa do doutor Hartlaub me havia encurralado contra a cerca. Eu havia cruzado com dois carros e ultrapassado quatro pedestres. Quando cheguei, a senhorita Funkel andava na sala de um lado para o outro, balançando a cabeça toda avermelhada e estalando os dedos.

— Sabe que horas são? — rugiu ela.

Não respondi nada. Não tinha relógio. Só ganhei meu relógio de pulso no meu aniversário de treze anos.

— Veja ali! — exclamou ela, estalando os dedos na direção do canto da sala em que, logo acima da imperturbável senhora Funkel, o relógio de pêndulo fazia tic-tac. — Vão dar quatro e quinze! Por onde o mocinho andou?

Comecei a balbuciar alguma coisa sobre o cachorro da esposa do doutor Hartlaub, mas ela não me deixou terminar.

— Cachorro! — disparou ela. — Ha-ha, brincando com o cachorro! Você deve ter ido tomar sorvete! Eu conheço vocês! Não saem da banca da senhora Hirt e não pensam em outra coisa além de tomar sorvete!

Ora, isso era uma terrível baixeza! Uma bronca por comprar sorvetes na banca da senhora Hirt, logo eu, que não ganhava mesada! Meu irmão e os amigos dele, eles sim faziam essas coisas! Gastavam toda a mesada com a senhora Hirt. Mas eu não! Tinha de penar e mendigar cada sorvete com a minha mãe ou a minha irmã! E agora queriam dizer que, em vez de vir de bicicleta até a aula de piano, com o suor do meu rosto e apesar das maiores dificuldades, eu estivera lambendo sorvetes na banca da senhora Hirt! Diante de tanta infâmia, minha voz falhou e eu comecei a chorar.

— Nada de choramingar! — ladrou a senhorita Funkel. — Pegue suas coisas e vamos ver o que você estudou! Vai ver que nem estudou!

E nisso, infelizmente, ela não estava errada. De fato eu não tivera tempo para estudar naquela semana, de um lado porque eu tinha coisas importantes a fazer, de outro porque as peças que ela me havia passado cram horrorosas de difíceis! Eram fugas escritas em cânone, mão direita e mão esquerda a léguas uma da outra, uma delas parada aqui, a outra disparando para o outro lado, num ritmo entrecortado e com intervalos esquisitos, tudo isso soando horrivelmente. O compositor chamava-se Hässler, se é que não me engano — que o diabo o carregue!

Apesar de tudo, acho que teria conseguido passar pelas duas peças com alguma decência, mas as muitas emoções do caminho — com destaque para o *terrier* da esposa do doutor Hartlaub — e a bronca da senhorita Funkel haviam estraçalhado meus nervos. Lá estava eu sentado ao piano, trêmulo e suando, os olhos marejados de lágrimas, com 88 teclas e mais os estudos do senhor Hässler bem à minha frente e a senhorita Funkel logo atrás, resfolegando sobre a minha nuca e aí... fracasso completo. Misturei tudo: clave de fá e clave de sol, teclas brancas e pretas, pausas de colcheias e pausas de semínimas, direita e esquerda... Nem cheguei ao final da primeira linha: teclas e notas explodiram num caleidoscópio de lágrimas, deixei minhas mãos caírem e só conseguia chorar em silêncio.

— Eu sssabia! — sibilou a senhorita Funkel, salpicando minha nuca de gotículas de saliva. — Eu sssabia! Chegar atrasado, tomar sorvete e inventar desculpas, issso os mocinhos sssabem! Mas fazer a lição de casa, issso não! Espere só, mocinho! Vou-lhe mossstrar!

Com essas palavras, ela pulou para frente, plantou-se ao meu lado no banco, pegou minha mão direita com as duas mãos, agarrou cada um dos meus dedos e esmagou-os contra as teclas, sempre conforme a partitura do senhor Hässler:

— Este aqui! Este aqui! O polegar ali! E o médio aqui! E este aqui! E este ali!...

Quando acabou com a direita, veio para a esquerda, sempre seguindo o mesmo método:

— Este aqui! Este aqui! E este ali!...

Ela esmagava meus dedos com tanta vontade que parecia querer que os estudos entrassem nota por nota nas minhas mãos. Aquilo doía bastante e durou cerca de meia hora. Por fim, soltou-me, fechou a partitura e bufou:

— Para a próxima aula é bom você saber tocá-los, rapaz, e não só com a partitura, mas de cor e *allegro*, senão você vai ver!

Logo depois abriu uma partitura grossa a quatro mãos, fazendo-a estalar contra a estante.

— E agora vamos tocar Diabelli por dez minutos, para você aprender de uma vez por todas a ler à primeira vista. Ai de você se cometer um único erro!

Inclinei a cabeça docilmente e limpei com a manga as lágrimas do rosto. Diabelli era um compositor amigável. Não era um maníaco por fugas como aquele medonho Hässler. Diabelli era fácil de tocar, simples a ponto de parecer simplório, e soava sempre esplêndido. Eu gostava de Diabelli, ainda que minha irmã às vezes dissesse:

— Mesmo quem não toca nada sabe tocar Diabelli.

Tocamos então Diabelli a quatro mãos, a senhorita Funkel à esquerda, fazendo o baixo, eu à direita, tocando em uníssono os agudos. Por um momento, tudo andou muito bem, eu me sentia cada vez mais seguro de mim. Eu agradecia ao bom Deus por ter feito nascer Anton Diabelli, e tal era meu alívio que acabei por esquecer que a pequena sonatina era em sol maior e que, portanto, deveria haver uma notação de fá sustenido na clave inicial; isso significava que não se podia passear tranquilamente pelas notas brancas, pois em certas passagens, sem advertência explícita, havia que tocar uma nota preta, no caso justamente aquele fá sustenido, logo abaixo do sol. Quando o fá sustenido apareceu pela primeira vez na minha parte eu simplesmente não o reconheci, pressionei a tecla ao lado e fiz soar um fá natural, o que — como saberão os amantes da música — produziu uma dissonância desagradabilíssima.

— Típico! — bufou a senhorita Funkel, parando de tocar. — Típico! À primeira dificuldade, o senhorzinho vai direto à nota errada! Onde está com os olhos? Fá sustenido! Está escrito bem aí, preto no branco! Não se esqueça! Outra vez agora, do começo! Um, dois, três, quatro...

Ainda estou por entender como fiz para cometer exatamente o mesmo erro pela segunda vez. Com certeza estava tão preocupado em não errar que suspeitava de um fá sustenido atrás de qualquer nota e preferiria tocar desde o início uma sequência ininterrupta de fás sustenidos; por isso mesmo tinha de me esforçar para não tocar fás sustenidos, ainda não... ainda não... até que... sim, até que de novo toquei, naquele mesmo trecho, um fá natural em vez de um fá sustenido.

Ela ficou subitamente roxa e pôs-se a bradar:

— Mas como é possível! Fá sustenido, eu disse fá sustenido, raios! Fá sustenido! Não sabe o que é um fá sustenido, cabeça de vento? Aqui está!

Plem-plem, golpeava ela com o indicador largo como uma moeda, achatado por décadas de aulas de piano:

— Isto é um fá sustenido! — plem-plem. — Isto é...

Nesse instante ela não conseguiu segurar um espirro. Espirrou, limpou-se rapidamente com aquele mesmo indicador por cima do bigodinho e golpeou mais duas ou três vezes a mesma tecla, gritando com voz esganiçada:

— Isto é um fá sustenido!...

Só então pegou o lenço e se assoou.

Eu olhei para o fá sustenido e empalideci. Na ponta da tecla estava colado um pedaço de meleca viscosa e fresca, mais ou menos do tamanho de uma unha, grosso feito um lápis, com aspecto de verme retorcido, luzidio e amarelo-esverdeado, obviamente procedente do nariz da senhorita Funkel, de onde passara ao bigodinho e deste para o indicador, por essa via chegando ao fá sustenido.

— Outra vez desde o começo! — rosnou ela ao meu lado. — Um, dois, três, quatro... — e começamos a tocar.

Os trinta segundos seguintes figuram entre os mais terríveis da minha vida. Sentia o sangue fugir-me do rosto e o suor do medo escorrer pelo pescoço. Meus cabelos se arrepiaram, as orelhas ficaram alternadamente quentes e frias e por fim fiquei surdo, como se os ouvidos estivessem entupidos. Mal ouvia a bela melodia de Anton Diabelli, que eu tocava mecanicamente, sem olhar para a partitura, os dedos faziam tudo por si sós — eu só tinha olhos para a elegante tecla preta logo abaixo do sol, sobre a qual se colara a meleca de Marie-Luise Funkel... Mais sete compassos, mais seis... era impossível tocar aquela nota sem enfiar o dedo na meleca... Mais cinco compassos, quatro... mas, se eu não mexer na meleca e tocar um fá natural em vez de um fá sustenido, então... Mais três compassos... — oh, bom Deus, faça um milagre! Diga alguma coisa! Faça algo! Que se abra a terra! Que se estilhacem os pianos! Que o tempo ande para trás, e que eu não tenha de tocar esse fá sustenido!... Mais dois compassos, mais um... e o bom Deus ficou calado e não fez nada e ali estava o pavoroso compasso — ainda me lembro dele! — com seis colcheias do ré ao fá sustenido, ré, dó, si, lá, sol...

— Agora o fá sustenido! — gritaram ao meu lado...

E eu, com plena consciência do que estava fazendo e com perfeito desprezo face à morte, toquei o fá natural.

Mal tive tempo de tirar os dedos do teclado e a tampa abateu-se com estrondo, ao mesmo tempo que a senhorita Funkel pulava feito um boneco de mola.

— Isso foi de propósito! — uivou ela com a voz quase embargada e tão alto que meus ouvidos zuniram, apesar da surdez. — Isso mesmo, foi de propósito, seu piolho miserável! Seu fedelho remelento, seu teimoso! Seu sem-vergonha, seu porcalhão, seu...

E então começou a andar depressa, enfurecida, à volta da mesa da sala, batendo de duas em duas palavras com o punho no tampo da mesa.

— Mas essa não vai passar em branco! Não vá pensando que me deixa para trás assim! Vou ligar para a sua mãe! Vou ligar para o seu pai! Vou exigir que lhe deem uma sova daquelas, você não vai querer se sentar por uma semana! Vou exigir que o ponham de castigo por três semanas, três horas de escalas por dia, sol maior, ré maior e si maior com fá sustenido, dó sustenido e sol sustenido, você vai tocar até dormindo! Você vai ver com quem está falando, rapaz! Vai ver... minha vontade é... agora mesmo... com as minhas próprias mãos...

A raiva era tanta que ela perdeu a voz, os braços remexiam-se no ar e a sua cara estava tão roxa que parecia querer rebentar de uma hora para a outra. Por fim, apanhou uma maçã da fruteira à sua frente, levantou o braço e arremessou-a com tanta força contra a parede que a maçã esmigalhada deixou uma mancha marrom à esquerda do relógio de pêndulo, logo acima da cabeça de tartaruga da sua velha mãe.

E então — oh, visão espectral! —, algo se moveu no monte de tule, como se alguém tivesse apertado um botão, e das pregas do vestido emergiu a mão da velhinha, dirigindo-se automaticamente para a direita, na direção dos biscoitos...

Mas a senhorita Funkel nem notou isso, só eu vi. Ela escancarou a porta, apontou para a saída com o braço estendido e grasnou:

— Pegue suas coisas e suma daqui!

Mal consegui me arrastar para fora e a porta fez um estrondo às minhas costas.

Meu corpo inteiro tremia. Meus joelhos estavam tão bambos que eu mal conseguia andar, que dirá mais pedalar. Com as mãos trêmulas, meti as partituras no cesto de bagagem e fui empurrando a bicicleta. Enquanto empurrava, fervilhavam na minha cabeça os pensamentos mais sombrios. O que me revoltava, o que me dava calafrios de irritação, não era a explosão de mau humor da senhorita Funkel, nem a ameaça da sova e do castigo, nem o medo de qualquer outra coisa. Era antes a constatação revoltante de que o universo inteiro era de uma baixeza vil, injusta e infame. E quem era responsável por toda essa baixeza? Os outros. Todos os outros. Todos, sem exceção. A começar pela minha mãe, que não me comprava uma bicicleta adequada; e pelo meu pai, que sempre lhe dava razão; pelo meu irmão e pela minha irmã, que riam maldosamente quando me viam pedalando em pé; pelo bicho asqueroso da esposa do doutor Hartlaub, que não me largava; pelos pedestres que obstruíam a estrada à beira do lago e me faziam chegar atrasado; pelo compositor Hässler, que me aborrecia e atormentava com as suas fugas; pela senhorita Funkel e suas acusações mentirosas e sua meleca repugnante sobre o fá sustenido... até chegar ao bom Deus, sim, o Deus supostamente bom, que, quando mais se precisava dele, quando se suplicava por sua intervenção, simplesmente se refugiava num silêncio covarde e deixava o destino seguir seu caminho. O que eu tinha a ver com aquela imundície toda, que conspirava contra mim? O que mais eu tinha a ver com este mundo? Não havia nada a ganhar num mundo tão ignóbil assim. Os outros que se afundassem na própria baixeza! Vão espalhar meleca onde bem entenderem! Mas sem mim! Eu estava fora disso! Iria dizer adeus a este mundo. Eu ia me matar. E quanto mais depressa melhor.

Tão logo me ocorreu essa ideia, senti o coração mais leve. A ideia de que bastava "despedir-me da vida" — como se descreve simpaticamente esse acontecimento — para me livrar de uma só vez de todos os horrores e de todas as injustiças tinha algo de infinitamente reconfortante e libertador. Minhas lágrimas secaram. Os tremores cessaram. Ainda havia esperança para mim. Mas tudo tinha que ser muito rápido e ligeiro, antes que eu tivesse tempo de mudar de ideia.

Pulei para a bicicleta. No centro da Vila de Cima, não peguei o caminho habitual de volta para casa. Dobrei à direita, deixando o lago para trás, e subi por um trecho esburacado na direção do transformador de alta tensão. Era lá que se erguia a árvore mais alta que eu conhecia, um pinheiro velho e enorme. Meu plano era subir nessa árvore para me jogar de cima de sua copa. Não me passaria pela cabeça qualquer outro tipo de morte. Sabia que também há gente que se afoga, que se apunhala, que se enforca, que morre asfixiada ou que se mata com uma descarga elétrica — esta última o meu irmão me explicou em detalhe, dizendo que para tanto "é necessário um condutor neutro":

— Isso é o essencial, sem condutor neutro não acontece nada, senão todas as aves que pousassem num fio elétrico cairiam mortas. Coisa que não ocorre. Sabe por quê? Porque elas não têm um condutor neutro. Teoricamente, você até poderia se pendurar num fio de alta tensão, desses de 100 mil volts, e nada lhe aconteceria, visto que você não tem um condutor neutro.

Era o que dizia meu irmão. Para mim, isso tudo era complicado demais, esse papo de corrente elétrica e coisas assim. Além do mais, não sabia o que era um condutor neutro. Não! Para mim tinha de ser uma queda do alto de uma árvore. Com quedas eu tinha experiência. A queda em si não me metia medo. Era o único meio adequado para me despedir da vida.

Parei a bicicleta perto do transformador e lancei-me através dos arbustos na direção do velho pinheiro. Era tão velho que já não possuía ramos embaixo. Tive que subir primeiro por um abeto vizinho e daí passar para o pinheiro. Depois foi moleza. Fui subindo cada vez mais alto pelos ramos grossos e bem posicionados — quase como se estivesse subindo por uma escada —, e só me detive quando a luz irrompeu por entre os galhos e o tronco ficou tão fino que eu pude sentir sua ligeira oscilação. Ainda faltava um pouco para alcançar a copa, mas, quando olhei pela primeira vez para baixo, não consegui mais ver o chão, pois aos meus pés se estendia, espesso como um tapete, o emaranhado verde-castanho de ramos, folhas e pinhões. Impossível saltar dali. Seria como saltar de cima de uma nuvem, sobre um leito de aparência sólida, para finalmente mergulhar no desconhecido. Ora, eu não queria absolutamente me precipitar no desconhecido, eu queria ver onde cairia — de onde, para onde e como. Queria que a minha queda fosse uma queda livre, conforme as leis de Galileu Galilei.

Desci para uma região menos iluminada, dando voltas ao redor do tronco, de ramo em ramo, espiando por entre meus pés à procura de uma passagem que permitisse uma queda livre. Alguns galhos abaixo, encontrei-a finalmente: um trajeto ideal, fundo como um poço, descendo na vertical até o chão, onde as raízes nodosas do pinheiro garantiriam uma aterrissagem dura e inevitavelmente letal. Bastava que, antes do salto, eu me afastasse um pouquinho do tronco, para poder me atirar no vazio, sem obstáculo algum. Bem devagar, fiquei de joelhos, sentei-me no galho, encostei-me ao tronco e tomei fôlego. Até então, não tivera um instante sequer para pensar no que estava a ponto de fazer, tão ocupado estivera com a preparação do ato. Mas agora, no momento decisivo, voltavam-me os pensamentos, que se agitavam e se remexiam: após maldizer e mandar para o inferno o mundo inteiro e todos seus habitantes, dirigi-os para a imagem infinitamente mais agradável do meu próprio enterro. Ah, seria um enterro magnífico! Os sinos da igreja tocariam, o órgão soaria, o cemitério da Vila de Cima mal teria lugar para a multidão em luto. Eu repousaria sobre um leito de flores, dentro de um caixão de vidro, que seria puxado por um pônei negro, e ao meu redor só se ouviria um grande soluço. Soluço dos meus pais, do meu irmão e da minha irmã, soluço dos meus colegas de classe, soluço da esposa do doutor Hartlaub e da senhorita Funkel, soluço dos parentes e amigos vindos de longe para soluçar ali, e todos, sempre aos soluços, bateriam no próprio peito e cairiam em lamentações, exclamando:

— Ah, somos nós os culpados por este ser tão excepcional não estar mais entre nós! Ah, se o tivéssemos tratado melhor! Ah, se o tivéssemos tratado melhor, se fôssemos menos injustos... ah, ele ainda estaria aqui, este ser bom, este ser adorável, este ser excepcional e gentil!

E, à beira da minha cova, lançando em minha direção um buquê de flores e um último olhar, lá estaria Carolina Kückelmann, exclamando numa voz ainda mais rouca pela dor e pelas lágrimas:

— Ah, meu querido! Meu único! Se eu tivesse ido com você naquela segunda-feira...

Que visões magníficas! Eu me deleitava, desfrutava do meu enterro em suas inúmeras variantes: a exposição do corpo, o banquete fúnebre, os discursos de elogio; e tudo isso acabou me emocionando tanto que, mesmo sem soluçar, também eu fiquei com os olhos umedecidos. Nunca se vira enterro tão bonito assim na nossa paróquia; décadas mais tarde as pessoas ainda falariam dele com emoção... Pena que eu não pudesse assistir de verdade àquilo tudo, uma vez que seria eu o morto. Era indispensável que eu estivesse morto para que tivesse lugar o meu enterro. Não dava para querer tudo: ou vingar-me do mundo ou continuar vivendo. Logo, à vingança!

Soltei-me do tronco do pinheiro. Arrastei-me pelo galho lentamente, centímetro a centímetro, com a mão direita apoiada no tronco, ao mesmo tempo que tomava impulso nele, e a esquerda agarrada ao galho. Num certo momento, percebi que só tocava o tronco com a ponta dos dedos, depois nem com a ponta dos dedos, e então me vi sem apoio lateral, agarrado com as duas mãos ao galho, livre como um pássaro, com o abismo logo abaixo. Com muito, muito cuidado, olhei para baixo. Estimei minha altura em três vezes mais do que o telhado lá de casa, e o telhado tinha dez metros de altura. Segundo as leis de Galileu, isso queria dizer que eu estava à beira de uma queda de exatos 2,4730986 segundos[5] e que o choque contra o solo aconteceria a uma velocidade de 87,34 quilômetros por hora.[6]

Fiquei um tempão olhando para baixo. O abismo era fascinante. Ele me atraía, me seduzia. Parecia até que acenava para mim: "Venha, venha!". Era como se ele me puxasse por um fio invisível: "Venha, venha!". E era tudo muito simples. De uma simplicidade infantil. Bastava inclinar-me um tantinho, perder um pouquinho de equilíbrio... e o resto iria por si só... "Venha, venha!"

Sim, sim! Eu vou! Só não consigo decidir quando! Em qual momento, em que ponto, em que instante! Não consigo dizer: "Agora, é agora!".

Decidi contar até três, como fazíamos na largada de uma corrida ou na hora de mergulhar, e no número três eu me deixaria cair. Respirei fundo e contei: "Um... dois...".

Então ouvi um ruído. Vinha da trilha. Era uma batida dura e ritmada, toc-toc-toc-toc, duas vezes mais rápido que a minha contagem final: toc no "um", toc entre o "um" e o "dois", toc no "dois", toc antes que eu tivesse tempo de dizer "três"... Igualzinho ao metrônomo da senhorita Funkel: toc--toc-toc-toc. Até parecia que estava imitando minha contagem. Abri os olhos e, nesse exato momento, o ruído parou e deu lugar a um farfalhar de folhas mortas, a um estalar

---

5   Desprezando-se a resistência do ar!
6   Claro está que não fiz esse cálculo até a sétima casa decimal lá de cima do galho, mas só muito mais tarde, com a ajuda de uma calculadora. Nessa época, as leis de queda dos corpos eram apenas palavras que eu conhecia de orelhada. Eu desconhecia seu significado preciso, bem como suas fórmulas matemáticas. Meus cálculos de então se resumiam à estimativa da altura da queda e à suposição, apoiada em diversas constatações empíricas, de que o tempo de queda seria relativamente longo e a velocidade final, relativamente elevada.

de ramos caídos, a um ofegar poderoso, animalesco: de repente, vi o senhor Sommer aos meus pés, trinta metros abaixo em linha reta, tão precisamente que, se eu tivesse pulado, teria esmagado não só a mim como a ele também. Segurei firme no galho e fiquei paradinho.

O senhor Sommer continuava imóvel e ofegante. Depois de se acalmar um pouco, ele reteve a respiração bruscamente e começou a virar a cabeça de um lado para o outro, inspecionando o lugar. Em seguida, abaixou-se e espreitou à esquerda, por entre os arbustos, à direita no rumo do matagal, andou em torno da árvore como se fosse um índio, reapareceu, escutou e espreitou de novo à volta, de orelha em pé, mas sem olhar para cima. Depois de ter-se certificado de que ninguém o seguira, de que não havia ninguém à vista, livrou-se com três gestos rápidos do chapéu de palha, da mochila e do cajado e estendeu-se de comprido sobre o chão da floresta, deitado entre as raízes como se estivesse numa cama. Mas não se aquietou; mal se estendera quando soltou um suspiro, longo e apavorante — não, não era um suspiro, pois um suspiro representa um alívio, era mais um gemido, um gemido dilacerante, um gemido grave e queixoso que vinha do fundo do peito, uma mistura de desespero e desejo de alívio. Então, pela segunda vez, o mesmo ruído de arrepiar os cabelos, o mesmo gemido suplicante de um doente, outra vez sem alívio, sem repouso, sem um segundo de trégua; ele se levantou, pegou a mochila, retirou seu lanche e seu cantil e começou a comer, a comer feito um bicho, a engolir o sanduíche, a cada mordida olhando ao redor como um animal acuado, como se algum inimigo o esperasse no bosque, como se tivesse algum perseguidor terrível no seu encalço, como se dispusesse apenas de uma vantagem ínfima, cada vez menor, como se alguém pudesse surgir a qualquer instante, bem ali. Num piscar de olhos, devorou o sanduíche, tomou um gole de água do cantil, e o resto foi uma agitação frenética, uma partida em pânico: atirou o cantil para dentro da mochila, pôs a mochila nas costas enquanto se levantava e, de um só golpe, pegou o chapéu e o cajado e partiu a grandes passadas, ofegante, pelo meio dos arbustos. Ouvi de novo o farfalhar das ramagens e os estalos dos galhos e depois, lá da trilha, o som de metrônomo do cajado golpeando o asfalto — toc-toc-toc-toc... — e afastando-se rapidamente.

Estava sentado sobre o galho, grudado ao tronco do pinheiro, e não sei como voltara até ali. Eu tremia e sentia frio. De repente, já não tinha a menor intenção de me atirar no abismo. Que ridículo! Já nem sabia como havia tido uma ideia tão idiota: suicidar-me por conta de uma meleca de nariz! Eu, que acabara de ver um homem que passava a vida inteira fugindo da morte!

Passaram-se bem uns cinco ou seis anos antes que eu encontrasse o senhor Sommer uma outra e última vez. Não que, nesse meio-tempo, eu não o visse com frequência; seria quase impossível não o ver, logo ele, sempre com o pé na estrada — fosse a estrada regional, fosse uma das trilhas em torno ao lago, em campo aberto ou no meio do bosque. Mas ele não me chamava em especial a atenção e, aliás, não chamava a atenção de mais ninguém, todos o conheciam havia tanto tempo que já não davam mais por ele; era como se fosse um item da paisagem por demais conhecido, com o qual já não era mais o caso de se exclamar surpreso: "Olhem lá, a torre da igreja! Olhem lá, a colina da escola! Olhem lá o ônibus passando!...". No máximo, quando ia com meu pai às corridas dominicais e nós o ultrapassávamos, dizíamos de brincadeira: "Olhe, lá vai o senhor Sommer — ele vai acabar se matando!" — e mesmo então não falávamos propriamente dele, mas sim da nossa lembrança daquela tempestade de granizo, havia muitos e muitos anos, quando meu pai fizera uso daquele estereótipo.

Viemos a saber por alguém que sua esposa, a fabricante de bonecas, havia morrido, sem que ninguém tivesse conhecimento de quando e onde, sem que ninguém tivesse ido ao enterro. O senhor Sommer não morava mais no porão do pintor Stanglmeier — agora ocupado por Rita e seu marido —, mas algumas casas adiante, no sótão do pescador Riedl. Ele quase não aparecia por lá,

como relatou mais tarde a senhora Riedl, e, quando aparecia, era só por pouquíssimo tempo, tempo de comer alguma coisa ou tomar um chá e logo partir outra vez. Várias vezes ele passava dias inteiros sem voltar para casa, nem sequer para dormir. Onde estivera, onde passara a noite, se dormira ou se vagara dia e noite sem cessar, nada disso se sabia. E também não interessava a ninguém. As pessoas tinham outras preocupações agora: pensavam em seus carros, suas máquinas de lavar, seus regadores automáticos — e não iam se perguntar onde um velhote excêntrico resolvera passar a noite. Conversavam sobre o que haviam escutado no rádio ou visto na televisão no dia anterior, ou ainda sobre a nova loja *self-service* da senhora Hirt... mas com certeza não sobre o senhor Sommer! Ainda que perfeitamente visível, ele não existia na cabeça das outras pessoas. O tempo, por assim dizer, passara por cima dele.

Mas não por cima de mim! Eu acompanhara o tempo passo a passo. Estava por dentro do tempo — ao menos era o que eu pensava —, e às vezes me sentia até à frente do meu tempo! Media aproximadamente 1,70 metro, pesava 49 quilos e calçava 41. Estava quase no primeiro colegial. Já havia lido todos os contos dos irmãos Grimm e ainda metade dos de Maupassant. Já tinha fumado quase um cigarro inteiro e visto dois filmes sobre uma imperatriz austríaca no cinema. Logo, logo eu receberia uma carteira de estudante com o tão desejado carimbo "acima de 16", que me autorizaria a entrar em filmes impróprios e a ficar até as dez da noite em locais públicos sem a companhia dos "pais e/ou pessoas autorizadas". Sabia resolver equações com três incógnitas, instalar um receptor de ondas médias e recitar de cor o começo de *De bello Gallico* e o primeiro verso da Odisseia — e isso sem saber uma só palavra de grego! Não tinha mais de tocar Diabelli ou o odioso Hässler. Além de *blues* e *boogie-woogie*, tocava compositores renomados como Haydn, Schumann, Beethoven ou Chopin, e já aceitava os ataques de cólera da senhorita Funkel com estoicismo ou mesmo com secreta ironia.

Muito raramente subia em árvores. Em compensação, tinha a minha própria bicicleta — na verdade, a antiga bicicleta do meu irmão, com guidão de corrida e três marchas; com ela eu havia conseguido baixar o velho recorde do percurso entre a Vila de Baixo e a Vila Funkel de treze minutos e meio para doze minutos e 35 segundos, cronometrados no meu próprio relógio de pulso. Eu me tornara — com toda a modéstia — um brilhante ciclista, em relação não apenas à velocidade e resistência, mas também à destreza. Andar de braços cruzados, fazer curvas sem segurar o guidão, virar a bicicleta sem impulso ou por meio de freada brusca seguida de derrapagem, nada disso era problema para mim. Conseguia até ficar de pé sobre o cesto de bagagem com a bicicleta em movimento — proeza sem sentido, é verdade, mas artisticamente impressionante, e que, de resto, atestava a minha confiança ilimitada no teorema de conservação do momento angular. Meu ceticismo em relação às bicicletas desfizera-se por inteiro, tanto do ponto de vista prático como do teórico. Eu era um entusiasta. Pedalar era quase como voar.

É claro que também nessa época havia coisas que me amarguravam a vida, a saber: a) a circunstância de não ter acesso assegurado a um receptor de ondas curtas, privando-me assim da peça policial radiofônica transmitida às quartas entre dez e onze da noite e da qual eu só tomaria

conhecimento na manhã seguinte, no ônibus escolar, quando meu amigo Cornelius Michel a contasse para mim, devidamente estropiada!; b) o fato de não possuirmos um aparelho de televisão. "Na minha casa", decretou meu pai, que nasceu no mesmo ano em que Giuseppe Verdi morreu, "jamais entrará um aparelho desses, pois a televisão soterra a prática da música, arruína os olhos, corrompe a vida familiar e leva à imbecilização geral."[7] Infelizmente, minha mãe não o contrariava nesse ponto, e assim eu era obrigado a ir à casa do meu amigo Cornelius Michel para poder desfrutar de eventos culturais como *Mãe só tem uma, Lassie* ou *As aventuras de Hiram Holliday.*

O chato era que todos esses programas passavam no assim chamado primeiro horário da noite, terminando pontualmente às oito horas, com o início do telejornal. Mas acontecia que justo às oito em ponto eu tinha que estar em casa, de mãos lavadas e sentado à mesa do jantar. Ora, uma vez que não se pode estar em dois lugares distintos ao mesmo tempo — sobretudo quando um percurso de sete minutos e meio separa esses dois lugares, sem contar a lavagem das mãos —, minhas escapadas televisivas iam acabar regularmente naquele clássico conflito entre dever e inclinação. Ou bem eu tomava o caminho de casa sete minutos e meio antes do final do programa — e assim perdia o desenlace da trama — ou então ficava até o final, em consequência atrasando-me sete minutos

---

7   Mas havia um dia no ano em que a televisão não só não arruinava os olhos como também não levava à imbecilização geral: aquele dia no começo de julho em que o Derby Alemão era transmitido do hipódromo de Hamburgo. Nessa ocasião, meu pai envergava uma cartola cinza, ia à Vila de Cima, à casa da família Michel, e lá assistia à transmissão.

e meio para o jantar e arriscando-me a uma discussão com minha mãe e a longas e triunfantes digressões do meu pai a respeito dos efeitos ruinosos da televisão sobre a vida em família. De modo geral, tenho a impressão de que aquela fase da minha vida caracterizou-se por conflitos dessa ordem. Eu sempre *tinha de, devia, não podia, faria melhor em*... sempre havia alguém a esperar, exigir, reclamar: "faça isso!" "faça aquilo!" "não esqueça!" "já fez?" "já foi?" "tão tarde!?"... — sempre a mesma pressão, a mesma aflição, a mesma correria, o mesmo relógio. Quase nunca me deixavam em paz, naquele tempo... Mas não quero me entregar à lamúria e me estender sobre os conflitos dos meus tempos de rapaz. Faço melhor em dar uma coçada na nuca, talvez acertar uns petelecos naquele ponto já mencionado e concentrar-me no assunto que eu bem preferiria deixar de lado, isto é, a história do meu último encontro com o senhor Sommer e, portanto, o fim desta história, da sua história.

Foi no outono, depois de uma noitada de televisão com Cornelius. O programa estava aborrecido, dava para adivinhar o final da história, e por isso me despedi da família Michel cinco minutos antes das oito, de modo a ser mais ou menos pontual para o jantar.

A escuridão há tempos cobria toda a terra; só a oeste, para lá do lago, persistia alguma luz acinzentada no céu. Pedalava sem iluminação, primeiro porque o farol andava sempre quebrado — uma vez era a lâmpada, outra vez o soquete, ou ainda o cabo —, segundo porque o dínamo ligado atrapalharia o livre curso da roda dianteira, aumentando o tempo de viagem para a Vila de Baixo em mais de um minuto. Mas eu nem precisava de iluminação. Conhecia o caminho de olhos fechados. E, mesmo na escuridão da noite, o asfalto da estradinha estreita era sempre um pouco mais negro que as cercas de um lado e os arbustos do outro, e então bastava arremeter pela parte mais escura para manter-me no rumo certo.

Assim ia eu, zunindo pela noite, curvado sobre o guidão, na terceira marcha, com o vento soprando nas minhas orelhas, debaixo de um frio úmido que às vezes cheirava a queimada.

Bem no meio do caminho — na hora em que a estrada se distanciava um pouco do lago numa curva suave, atravessando uma antiga pedreira de cascalho colada ao bosque —, a corrente resolveu me escapulir. Esse era um defeito lamentavelmente comum do mecanismo das marchas, de resto irrepreensível; o problema era uma mola frouxa que não transmitia tensão suficiente à corrente e que já me ocupara por tardes inteiras, sem que eu conseguisse superá-lo. Freei, desci e inclinei-me sobre a roda traseira para liberar a corrente presa entre o quadro e a roda dentada e encaixá-la de novo com um movimento suave dos pedais. O procedimento era tão corriqueiro para mim que não havia dificuldade em realizá-lo no escuro. O único inconveniente era que os dedos ficavam asquerosos de tão lambuzados. Encaixada a corrente, atravessei a estrada na direção do lago para limpar as mãos nas folhas largas e secas de um arbusto de bordo. Quando puxei os galhos, o lago ficou à vista — um grande espelho claro. E à beira do lago estava o senhor Sommer.

No primeiro momento, pensei que estivesse descalço. Mas logo percebi que ele estava com as botas enfiadas na água, a alguns metros da margem, de costas para mim, olhando para oeste, na direção da outra margem, onde havia uma última réstia de luz amarelada. Parecia um poste plantado ali, uma silhueta escura face ao espelho claro do lago, o longo cajado à mão direita, o chapéu de palha na cabeça.

Então, sem mais nem menos, ele se pôs em movimento. Passo a passo, a cada três fincando o cajado à frente e empurrando-o para trás, o senhor Sommer avançava lago adentro. Avançava como se andasse em terra firme, com aquela pressa inflexível de sempre, direto para oeste. O lago é raso nessa parte, a profundidade só vai aumentando gradualmente. Vinte metros mais adiante, a água só lhe chegava às ancas e, quando lhe alcançou o peito, o senhor Sommer já estava à distância de uma pedra atirada da margem. Seguia adiante, meio retido pela água, mas inabalável, sem hesitar um instante, obstinado e ávido de avançar mais rapidamente contra a resistência da água, e finalmente atirando longe o cajado e remando com as mãos.

Permaneci na margem seguindo-o fixamente, de olhos arregalados, boquiaberto; acho que minha cara era a de quem acabou de escutar uma história de terror. Não estava assustado, e sim estupefato com o que estava vendo, perplexo, ainda sem captar a gravidade do acontecimento. No começo pensei que ele estivesse apenas procurando alguma coisa na água, algo que tivesse perdido; mas quem entra de botas na água para procurar uma coisa qualquer? Depois, quando ele começou a andar, pensei: vai tomar um banho; mas quem toma banho vestido dos pés à cabeça, numa noite de outubro? Por fim, à medida que ele se afundava mais e mais na água, ocorreu-me a ideia absurda de que ele queria atravessar o lago a pé — não a nado, nem por um momento pensei em nado, senhor Sommer e nado, não, isso

não combinava: queria atravessar o lago a pé, precipitar-se pelo leito do lago a cem metros de profundidade, vencer os cinco quilômetros até a outra margem.

Agora a água já lhe chegava aos ombros, até a garganta... e ele sempre em frente, lago adentro... De novo emergiu até os ombros, apoiando-se sobre alguma irregularidade do fundo... e prosseguiu sem se deter, nem mesmo agora, em frente e outra vez mais fundo, até a garganta, até o gogó, até o queixo... — e só então comecei a adivinhar o que estava acontecendo ali, mas não me mexi, não gritei: "Senhor Sommer! Pare! Volte!". Não saí correndo atrás de ajuda, não procurei por um bote redentor, uma balsa, uma boia, não, nem por um momento desviei os olhos da pontinha da sua cabeça que se afundava lá ao longe.

E então, de uma só vez, desapareceu. Só o chapéu de palha ficou boiando sobre a água. Após um momento pavorosamente longo, vieram à tona algumas grandes bolhas de ar, depois mais nada. Só aquele chapéu ridículo, que lentamente se afastava para sudoeste. Contemplei-o durante muito tempo, até que desaparecesse à distância, no crepúsculo.

Demorou duas semanas para que alguém desse pelo sumiço do senhor Sommer. Aliás, a primeira a notar foi a mulher do pescador Riedl, que andava preocupada com o aluguel mensal do sótão. Duas semanas mais tarde, como o senhor Sommer ainda não aparecesse, ela foi ver a senhora Stanglmeier, e a senhora Stanglmeier se encontrou com a senhora Hirt, que por sua vez interrogou as clientes. Mas, como ninguém vira o senhor Sommer ou sabia dizer alguma coisa a seu respeito, o pescador Riedl decidiu-se, duas semanas mais tarde, a dar queixa do desaparecimento na polícia; assim, algumas semanas depois, apareceu na seção local do jornal um pequeno anúncio com uma foto 3×4, antiquíssima, na qual ninguém teria reconhecido o senhor Sommer — mas lá estava ele, jovem, com cabelos negros e cheios, olhar decidido e sorriso confiante, quase atrevido sobre os lábios. Embaixo da foto se podia ler pela primeira vez o nome completo do senhor Sommer: Maximilian Ernst Ägidius Sommer.

Pouco tempo depois, o senhor Sommer e seu misterioso sumiço tornaram-se o assunto do dia na aldeia. "Ele enlouqueceu de vez", dizia muita gente, "ele deve ter-se perdido, não encontrou mais o caminho de casa. É capaz que nem saiba mais quem é e onde mora."

"Talvez tenha emigrado", diziam outros, "para o Canadá ou para a Austrália; a Europa deve ter ficado estreita demais para a claustrofobia dele."

"Perdeu-se pelas montanhas e despencou numa ravina", diziam outros ainda.

Ninguém pensou no lago. E, mesmo antes que se amarelassem os jornais, o senhor Sommer já fora esquecido. Além disso, ninguém sentia sua falta. A senhora Riedl recolheu seus poucos pertences a um canto do porão e alugou o quarto para veranistas. Se bem que ela não dizia "veranistas", o que lhe soaria estranho. Dizia "gente da cidade" ou "turistas".

Eu fiquei quieto. Não disse uma palavra. Naquela mesma noite, ao chegar em casa com atraso considerável e ouvir as mesmas broncas sobre os efeitos ruinosos da televisão, não contei nada do que havia presenciado. E nem depois. Nem para a minha irmã, nem para o meu irmão, nem para a polícia, nem sequer para o Cornelius Michel — não dei um pio para ninguém...

Não sei o que me fez calar tão tcimosa e longamente... mas acho que não foi nem medo, nem culpa, nem consciência pesada. Foi a recordação daquele gemido no bosque, daqueles lábios trêmulos na chuva, daquela frase suplicante: "Deixem-me em paz de uma vez por todas!..." — a mesma recordação que me fez calar enquanto vi o senhor Sommer afundar na água do lago.

Fábula: do verbo latino *fari*, "falar", como a sugerir que a fabulação é extensão natural da fala e, assim, tão elementar, diversa e escapadiça quanto esta; donde também falatório, rumor, diz que diz, mas também enredo, trama completa do que se tem para contar (*acta est fabula*, diziam mais uma vez os latinos, para pôr fim a uma encenação teatral); "narração inventada e composta de sucessos que nem são verdadeiros, nem verossímeis, mas com curiosa novidade admiráveis", define o padre Bluteau em seu *Vocabulário português e latino*; história para a infância, fora da medida da verdade, mas também história de deuses, heróis, gigantes, grei desmedida por definição; história sobre animais, para boi dormir, mas mesmo então todo cuidado é pouco, pois há sempre um lobo escondido (*lupus in fabula*) e, na verdade, "é de ti que trata a fábula", como adverte Horácio; patranha, prodígio, patrimônio; conto de intenção moral, mentira deslavada ou quem sabe apenas "mentirada gentil do que me falta", suspira Mário de Andrade em "Louvação da tarde"; início, como quer Valéry ao dizer, em diapasão bíblico, que "no início era a fábula"; ou destino, como quer Cortázar ao insinuar, no *Jogo da amarelinha*, que "tudo é escritura, quer dizer, fábula"; fábula dos poetas, das crianças, dos antigos, mas também dos filósofos, como sabe o Descartes do *Discurso do método* ("uma fábula") ou o Descartes do retrato que lhe pinta J. B. Weenix em 1647, segurando um calhamaço onde se entrelê um espantoso *Mundus est fabula*; ficção, não ficção e assim infinitamente; prosa, poesia, pensamento.

PROJETO EDITORIAL Samuel Titan Jr. / PROJETO GRÁFICO Raul Loureiro

SOBRE O AUTOR

Patrick Süskind nasceu em 1949, em Ambach, às margens do lago de Starnberg, na Baviera. Depois de estudar humanidades em Munique e Aix-en-Provence, começou a trabalhar como roteirista para a televisão e para o cinema. Sua estreia literária deu-se com o monólogo dramático *O contrabaixo* (1981), de enorme sucesso nos palcos alemães. Seu primeiro e até agora único romance, *O perfume*, foi publicado em 1985 e logo se transformou em *best-seller* mundial, sendo adaptado para o cinema em 2006. Seguiram-se duas novelas, *A pomba*, de 1987, e *A história do senhor Sommer*, de 1991, com ilustrações de Sempé — amigo pessoal de Süskind, que por sua vez traduziu para o alemão diversas obras do autor francês. Autor de alguns poucos relatos mais — como *Um combate*, de 2019, novamente ilustrado por Sempé — e radicalmente avesso à publicidade, Süskind vive entre a Baviera e o lugarejo francês de Montolieu.

SOBRE O ILUSTRADOR

Jean-Jacques Sempé nasceu em 1932 em Pessac, perto de Bordeaux. Criado pela mãe e pelo padrasto em circunstâncias difíceis, agravadas pela guerra, Sempé era bom aluno de francês e leitor ávido de tudo o que lhe caía nas mãos — como os romances policiais de Maurice Leblanc; mesmo assim, teve de abandonar a escola com pouco mais de catorze anos para se sustentar como empregado de comércio. Em 1950, publicou seus primeiros desenhos humorísticos no jornal regional *Sud-Ouest* e, um ano depois, tendo falsificado seus documentos para ingressar no exército, foi enviado para uma caserna em Paris, cidade que percorreu incansavelmente em sua bicicleta. Três anos depois, em 1954, sempre em Paris e ganhando a vida com desenhos para a imprensa, travou amizade com o escritor René Goscinny, com quem criaria o protagonista da série *Le Petit Nicolas*: ao todo, 222 historietas de Goscinny, ilustradas por cerca de mil desenhos de Sempé, publicadas primeiro em revistas ou jornais e depois em livros. Colaborador constante de periódicos franceses e internacionais, Sempé vem recolhendo seus desenhos em álbuns quase sempre anuais, a contar de 1962, quando saiu o primeiro, *Rien n'est simple*; o mais recente, de 2020, leva o título de *Garder le cap*. Publicou um livro em colaboração com o romancista Patrick Modiano (*Catherine Certitude*, 1988), e assinou texto e ilustrações de obras como *Monsieur Lambert* (1965), *Marcellin Caillou* (1969) e o magnífico *Raoul Taburin* (1995). Sempé vive e trabalha em Paris.

SOBRE O TRADUTOR

Samuel Titan Jr. nasceu em Belém, em 1970. Estudou filosofia na Universidade de São Paulo, onde leciona Teoria Literária e Literatura Comparada desde 2005. Editor e tradutor, organizou com Davi Arrigucci Jr. uma antologia de Erich Auerbach (*Ensaios de literatura ocidental*) e assinou versões para o português de autores como Adolfo Bioy Casares (*A invenção de Morel*), Gustave Flaubert (*Três contos*, em colaboração com Milton Hatoum), Jean Giono (*O homem que plantava árvores*, em colaboração com Cecília Ciscato), Voltaire (*Cândido ou o otimismo*), Prosper Mérimée (*Carmen*), Eliot Weinberger (*As estrelas*), José Revueltas (*A gaiola*) e Charles Baudelaire (*O spleen de Paris*).

SOBRE ESTE LIVRO

A história do senhor Sommer, São Paulo, Editora 34, 2021 TÍTULO ORIGINAL *Die Geschichte von Herrn Sommer* © Diogenes Verlag AG 1991 — todos direitos reservados [Ilustrações de Jean-Jacques Sempé © Editions Gallimard, Paris | texto de Patrick Süskind © Diogenes Verlag AG, Zurique | todos os direitos internacionais © Diogenes Verlag AG, Zurique] TRADUÇÃO © Samuel Titan Jr., 2021 PREPARAÇÃO Rafaela Biff Cera REVISÃO Luisa Destri, Lia Fugita PROJETO GRÁFICO Raul Loureiro ESTA EDIÇÃO © Editora 34 Ltda., São Paulo; 1ª edição, 2021. A reprodução de qualquer folha deste livro é ilegal e configura apropriação indevida dos direitos intelectuais e patrimoniais do autor. A grafia foi atualizada segundo o Acordo Ortográfico da Língua Portuguesa de 1990, que entrou em vigor no Brasil em 2009.

Os editores agradecem a gentil colaboração de Christine Röhrig.

CIP — Brasil. Catalogação-na-Fonte
(Sindicato Nacional dos Editores de Livros, RJ, Brasil)

Süskind, Patrick, 1949
 A história do senhor Sommer /
 Patrick Süskind; ilustrações de Sempé; tradução
 de Samuel Titan Jr. — São Paulo: Editora 34,
 2021 (1a Edição).
 96 p. (Coleção Fábula)

ISBN 978-65-5525-055-8

1. Literatura infantojuvenil alemã.
I. Sempé (Jean-Jacques Sempé). II. Titan Jr.,
Samuel. III. Título. IV. Série.

CDD–838

TIPOLOGIA Scala PAPEL Munken 120 g/m^2 IMPRESSÃO Ipsis Gráfica e Editora,
em abril de 2021 TIRAGEM 3 000

Editora 34

Editora 34 Ltda. Rua Hungria, 592
Jardim Europa CEP 01455-000
São Paulo — SP Brasil
Tel/Fax (11) 3811-6777
www.editora34.com.br